VENTE

Des Lundi 9 et Mardi 10 Avril 1888

HOTEL DROUOT, SALLE N° 1

IMPORTANT MOBILIER

Tapisseries

OBJETS D'ART, TABLEAUX

DEUX MAGNIFIQUES COLLIERS DE PERLES

RICHES BIJOUX

Diamants, Perles et Pierres de couleur

M° RENE APPERT
COMMISSAIRE-PRISEUR
17, rue Bergère, 17

M. A. BLOCHE
EXPERT
6, rue Chauchat, 6

EXPOSITION PUBLIQUE

Le Dimanche 8 Avril 1888

DE 1 HEURE A 5 HEURES 1/2

CATALOGUE

D'UN

IMPORTANT MOBILIER

ANCIEN ET DE STYLE

Plusieurs Salons, petits Salons, Salle à manger, de billard
Cabinet de travail, Chambres à coucher, Cabinets de toilette
Vestibules, Antichambres, Vérandah

BEAUX MEUBLES ORNÉS DE BRONZES DE BEURDELEY

Tentures, Rideaux, Tapis

Jolies Tapisseries Renaissance et Louis XV

TRÈS BEAUX BRONZES D'AMEUBLEMENT

ANCIENS ET DE STYLE

DE BARBEDIENNE, DENIÉRE ET BEURDELEY

Grands Lustres, Appliques, Garnitures de cheminées
Porcelaines anciennes montées, Vitraux

MARBRES, SCULPTURES, TABLEAUX

DEUX MAGNIFIQUES COLLIERS DE PERLES

un de 5 rangs, un de 4 rangs

TRÈS RICHES BIJOUX

MONTÉS DE

DIAMANTS ET PIERRES DE COULEUR

Argenterie de Table, Miniatures, Objets de vitrine

Vins de Haut-Sauterne

DONT LA VENTE AURA LIEU

HOTEL DROUOT, SALLE N° 1

Les Lundi 9 et Mardi 10 Avril 1888

A DEUX HEURES

Mᵉ RENÉ APPERT	**M. A. BLOCHE**
COMMISSAIRE-PRISEUR	EXPERT
17, rue Bergère, 17.	23, rue Chauchat, 23.

EXPOSITION PUBLIQUE

Le Dimanche 8 Avril 1888, de 2 heures à 5 heures 1/2

CONDITIONS DE LA VENTE

Elle sera faite au comptant.

Les acquéreurs payeront, en sus des adjudications, *cinq pour cent* applicables aux frais.

L'Exposition mettant le public à même de se rendre compte de l'état des objets, il ne sera admis aucune réclamation une fois l'adjudication prononcée.

Paris. — Imp. de l'Art. E. Ménard et Cⁱˢ, 41, rue de la Victoire.

Désignation des objets

PERLES — DIAMANTS

PIERRES DE COULEUR

1 — Très beau collier de cinq rangs, composé de 33o perles d'Orient pesant 1,836 grains, avec fermoir enrichi de quatre brillants.

2 — Beau collier de quatre rangs, composé de 317 perles d'Orient pesant 1,268 grains.

3 — Magnifique pendant de cou composé au centre d'un grand et beau saphir entouré de dix gros brillants montés au milieu d'une couronne de feuillages et de boutons enlacés, tout en brillants. Une grosse perle blanche d'Orient, forme poire, est suspendue en pendeloque. Un gros chaton, brillant solitaire, forme bélière.

4 — Jolie bague composée d'un saphir entouré de douze brillants.

5 — Très beau bracelet tout en brillants, modèle à arabesques de feuillages entre deux rangs de brillants, avec applique en forme de fleur, enrichi d'un gros brillant au centre.

6 — Très belle broche forme fleur, tout en brillants, enrichie d'un gros solitaire au centre, pouvant former ornement de coiffure.

7 — Paire de boucles d'oreilles formées de très gros brillants solitaires.

8 — Paire de boutons d'oreilles enrichis de deux brillants.

9 — Très belle broche forme rose avec feuillage tout en brillants et roses.

10 — Broche forme mouche, enrichie d'une perle rose, une perle noire, une perle blanche et de brillants anciens.

11 — Broche enrichie de trois perles rose, blanche et grise, de rubis et de brillants.

12 — Eglantine enrichie de roses et d'un gros saphir au centre.

13 — Jolie bague composée d'un beau saphir entouré de dix brillants, avec deux brillants sur le corps.

14 — Bague enrichie d'un gros diamant noir entouré de douze beaux brillants blancs.

15 — Bague enrichie d'un rubis spinel et de deux brillants.

16 — Belle épingle de cravate formée par une perle noire entourée de brillants.

17 — Belle épingle de cravate formée par un rubis cabochon enrichi de roses.

18 — Épingle de cravate enrichie d'une perle grise et d'un beau brillant.

19 — Broche en or enrichie d'une grosse perle fine.

20 — Médaillon enrichi d'un saphir étoilé entouré d'un rang de brillants et de roses.

21 — Broche forme grecque en brillants et enrichie de trois jolies perles fines.

22 — Broche composée d'un œil-de-chat enrichi de rubis et de roses.

23 — Paire de boucles d'oreilles forme papillon, enrichies de pierres de couleur, de roses et de perles.

24 — Broche de corsage, forme trèfle, avec feuilles composées d'une belle émeraude, d'un saphir, de rubis, et enrichie de roses et de brillants.

25 — Collier, ceinture, deux bracelets, aigrette en argent doré, enrichis de perles et d'émeraudes fines.

ARGENTERIE

26 — Quinze couverts d'entremets en vermeil ciselé, travail anglais. Style Louis XVI.

27 — Quinze couteaux, manches en vermeil, lames en acier.

28 — Quinze cuillères à café en vermeil, quinze à glace et dix à compote. Même modèle.

29 — Deux beaux légumiers en argent ciselé.

3o — Deux plats en argent, bords ciselés.

31 — Louche et huit couverts en argent.

32 — Huit pièces de hors-d'œuvre en argent.

33 — Sucrier en argent de l'Empire, avec douze cuillères en vermeil.

34 — Service à découper, manches en argent.

35 — Service à découper, manches en argent et en vermeil.

36 — Six dessous de carafes en argent.

37 — Truelle à poisson en argent.

38 — Couvert à salade en ivoire.

39 — Couvert à découper, manches en argent.

39 *bis* — Couteau en argent.

40 — Grand et beau plateau ovale à anses en vermeil gravé avec armoirie et arabesques.

MINIATURES — OBJETS DE VITRINE

41 — Miniature ronde : Scène à deux personnages ; cadre en bois.

42 — Miniature ovale : Jeune Femme pinçant de la harpe ; cadre émaillé.

43 — Miniature ovale : Portrait de la comtesse de Bedford.

44 — Miniature ovale : Portrait de la reine Marie-Antoinette, en costume de velours rouge et fichu de dentelle.

45 — Miniature ronde : Portrait de femme, en robe rouge décolletée, appuyée sur un panier de fleurs et tenant des roses dans la main.

46 — Joli petit coffret à bijoux, forme de châsse, en ivoire orné de peintures sur émail, sujets allégoriques.

46 *bis* — Six tasses et soucoupes vieux Sèvres, décor à fleurs, bordures bleues à rehauts d'or.

TABLEAUX

CLERMONT

(DE)

47 — *Effet de soir.*

Panneau décoratif.

COROT

48 — *La Mare.*

Provient de la vente après décès de Corot.

COROT

49 — *Les Rochers de Fontainebleau.*

Provient de la vente après décès de Corot.

DAUBIGNY

(KARL)

50 — *Village de pêcheurs au bord de la mer.*

Signé et daté 1874.

FORTUNY

51 — *Tête de femme.*

Esquisse.

Provient de la vente après décès de Fortuny.

FORTUNY

52 — *Le Souterrain.*

Effet de jour.

Provient de la vente après décès de Fortuny.

FORTUNY

53 — *Soldat de l'époque Louis XIII, jambes bottées.*

Dessin à la plume.

Étude.

Provient de la vente après décès de Fortuny.

HUBERT-ROBERT

54 — *Vue des monuments antiques de l'ancienne Rome.*

Beau tableau.

HUBERT-ROBERT

55 — *Les Lavandières sous un grand pont.*

Beau tableau.

LEPIC

56 — *Vue de Berghe-sur-Mer.*

LONGHI

57 — *Le Portrait.*

LONGHI

58 — *La Partie de musique dans le parc.*

Charmante composition.
Pendant du précédent.

REMBRANDT

(Attribué à)

59 — *Tête de vieillard lisant la Bible.*

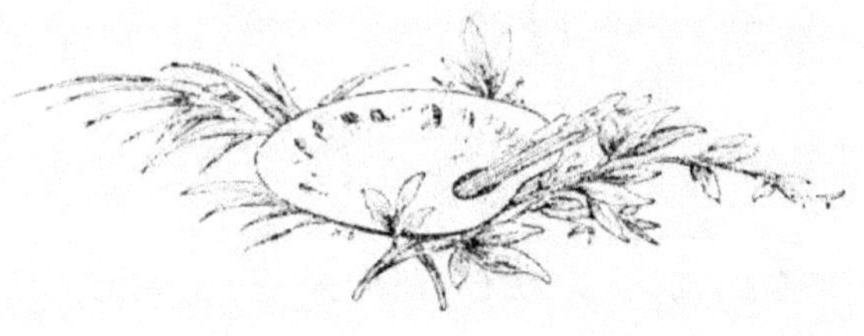

SCULPTURES

60 — Beau groupe en marbre : *l'Enfance de Bacchus*, par Rougelet.

61 — Belle statuette en marbre : *les Hirondelles*, par Peiffer.

62 — Charmante statuette de style Renaissance : *Extase*. Réduction de celle qui décore l'hôtel de ville de Nuremberg.

63 — Buste d'enfant en marbre, par Bienaimé.

64 — Deux colonnes en marbre.

65 — Joli buste de jeune fille en marbre, allégorie du *Printemps*. Fleurs et épis dans les cheveux.

66 — Paire de beaux vases en marbre blanc Louis XVI, montés en candélabres, avec bouquets de lis à trois lumières en bronze doré.

67 — Statuette en buis : *Vierge en prière*, xviie siècle.

BRONZES, PORCELAINES MONTÉES

68 — Très beau lustre à trente-six lumières en bronze finement ciselé et doré, modèle élégant, de style

Louis XVI, à rinceaux feuillagés avec couronnement, enfilage et chaînes enguirlandées, orné de cristaux taillés. Travail de la maison Denière.

69 — Paire de belles appliques à onze lumières en bronze ciselé et doré, style Louis XVI, même modèle que le lustre, ornées de cristaux. Travail de la maison Denière.

70 — Très belle veilleuse-suspension, forme vase, en albâtre oriental, monture en bronze ciselé et doré, avec figure d'amour et couronne de roses ornant le haut, mascarons et guirlandes décorant la gorge. Style Louis XVI. Travail de la maison Denière.

71 — Grande et belle garniture de cheminée en bronze finement ciselé et doré au mat et marbre blanc, composée d'une pendule offrant un groupe allégorique d'amours se couronnant de roses et de colombes se becquetant au milieu des nuages. Le socle est orné d'arabesques et de guirlandes de fleurs. Deux candélabres, forme vases ovoïdes, en marbre blanc, avec frises : jeux d'amours en bas-relief et en bronze doré ; anses à cariatides de faunesses posant sur des têtes de satyres, avec bouquets à sept lumières, modèle à rinceaux feuillagés et têtes d'aigles. Style Louis XVI. Travail de la maison Beurdeley. Le cadran de la pendule est signé : *Ferdinand Berthoud, à Paris.*

72 — Coupe en bronze vert et doré, socle en marbre onyx.

73 — Deux petits vases en bronze, ornés de figures en bas-relief, style grec, fond argenté ; montures dorées.

74 — Deux coupes en bronze, à sujets mythologiques. Style Renaissance.

75 — Brûle-parfums en bronze ancien de Chine, socle et couvercle en bois sculpté.

76 — Jardinière avec plateau en marbre onyx d'Algérie, montés en bronze doré.

77 — Coupe en albâtre oriental, montée en bronze.

78 — Vase en vieux Chine, famille rose, décor à personnages.

79 — Coupe genre Sèvres, bleu turquoise, à médaillons ; monture en bronze.

80 — Vase en bronze ancien de Chine, décoré de dragons en bas-relief.

81 — Très jolie pendule en bronze noir et doré, représentant *l'Amour rémouleur*. Louis XVI.

82 — Deux petits candélabres, style Louis XVI, figures d'enfants portant des bouquets de pavots, à deux lumières.

83 — Très jolie pendule en marbre blanc et bronze doré, ornée de deux statuettes en biscuit de Sèvres. Louis XVI.

84 — Deux beaux candélabres, formés de statuettes d'enfants en marbre blanc, portant des bouquets à trois lumières en bronze doré. Style Louis XVI.

85 — Cartel Louis XV en bronze doré.

86 — Paire de petits candélabres Louis XVI, femmes drapées debout, en bronze, avec bouquets à trois lumières ; socles en marbre de couleur.

87 — Paire de petites appliques Louis XVI en bronze doré, à trois lumières.

88 — Paire de chenets en bronze. Style Louis XVI.

89 — Paire de flambeaux en bronze argenté. Style rocaille.

90 — Deux grandes lampes en vieux Japon, décor bleu sur blanc ; montures en bronze doré. Style Louis XVI.

91 — Deux petites lampes en vieux Chine, montures en bronze noir.

92 — Deux flambeaux formant cassolettes en bronze Louis XVI.

93 — Deux chimères en vieux céladon bleu turquoise, montures en bronze doré. Style Louis XV.

94 — Deux beaux chiens barbots en Saxe, sur des coussins en bronze doré.

95 — Groupe : sujet mythologique en Capo di Monte ; socle en bronze doré.

96 — Deux vases en céladon bleu turquoise, forme aplatie ; monture en bronze doré.

97 — Fontaine à thé en vieux Japon, monture en bronze doré.

98 — Deux petits vases en vieux Japon, décor bleu sur blanc, forme balustre, ornés de bronze doré.

99 — Deux porte-bouquets en Chine bleu turquoise ; monture de style Louis XVI en bronze doré.

100 — Petit groupe en bronze : *l'Enfant à la panthère*, d'après CLODION.

101 — Deux presse-papiers en bronze : Enfants tenant des médaillons à l'effigie de Louis XVI et de Marie-Antoinette.

102 — Petit groupe en bronze Louis XVI, représentant *Neptune*.

103 — Deux levrettes couchées en bronze, formant presse-papiers.

104 — Lustre à huit lumières complètement orné de pendeloques et de guirlandes en cristal de roche. Époque Louis XVI.

105 — Deux grands et beaux chenets en bronze ciselé et doré, modèle vases et guirlandes de fleurs. Style Louis XVI.

106 — Deux vases en ancienne faïence de Castel-Durante, décor à bustes de personnages, fleurs et feuillages.

107 — Belle pendule avec socle-console en marqueterie de *Boule*, ornés de bronzes ciselés. Époque Louis XV.

108 — Soupière avec plat en ancienne porcelaine de Saxe, décor à fleurs et papillons.

109 — Lustre en bronze doré à vingt-cinq lumières.

110 — Suspension de salle à manger à six lampes et trente bougies.

111 — Six appliques en bronze doré à six lumières, dont deux à lampadaires.

112 — Torchère en bronze, statuette d'enfant portant un bouquet en bronze doré, à vingt lumières avec lampe.

113 — Pendule et deux candélabres en bronze et marbre.

114 — Lustre en bronze doré à quarante-huit lumières, orné de cristaux.

115 — Deux appliques à sept lumières en bronze doré.

116 — Grande torchère formée par une statue d'enfant supportant un bouquet de quinze lumières.

117 — Garniture de cheminée en bronze doré, composée
d'une pendule à cadran tournant et deux candélabres
à quinze lumières.

118 — Galerie de foyer en bronze doré avec pare-étin-
celles, pelle et pincettes.

119 — Quatre candélabres formés de vases en porcelaine
de Chine montés en bronze doré, avec bouquets à
sept lumières.

120 — Lustre à quarante-quatre lumières en bronze doré.

121 — Garniture de cheminée en bronze doré : pendule
et deux candélabres. Style Louis XVI.

122 — Petite lampe en cuivre poli.

123 — Garniture de cheminée en porcelaine montée.

124 — Pendule en bronze avec sujet et deux candélabres
à neuf lumières.

125 — Deux candélabres à sept lumières formés de vases
en porcelaine décorée.

126 — Deux lustres en bronze doré ornés de cristaux.

127 — Garniture de cheminée en bronze.

127 *bis* — Suspension en cuivre poli.

128 — Belle pendule en bronze doré représentant des
allégories de l'*Abondance* et de l'*Amour maternel*,
terrassement à feuilles d'acanthe. Style Louis XVI.

128 *bis* — Deux grandes appliques à cinq lumières en
bronze, modèle rocaille.

129 — Grande vasque en poterie de Creil, socle en velours
grenat.

130 — Potiche avec couvercle en porcelaine du Japon.

131 — Tête-à-tête de Saint-Amant, décor bleu turquoise
à médaillons au chiffre de Louis-Philippe. Dans son
écrin.

MOBILIER, TAPISSERIES, TENTURES

132 — Deux beaux meubles d'appui s'ouvrant à deux
portes, en marqueterie de bois satiné, richement ornés
de bronzes ciselés et dorés, bas-reliefs à jeux d'amours,
frises à guirlandes et arabesques, montants à consoles
supportés par des pieds de bouc; dessus en marbre
blanc. Style Louis XVI. Travail de la maison Beurdeley.

133 — Deux jolis meubles d'appui en bois noir s'ouvrant
à une porte avec médaillons en mosaïques de Rome
représentant des paysages, richement ornés de bronzes
dorés, soleils, colonnettes, frises et moulures de style
Louis XVI. Travail de la maison Beurdeley.

134 — Belle jardinière formant console, en marqueterie
de bois de luxe, élevée sur quatre pieds ralliés par un
croisillon avec vase en bronze doré au centre et richement ornée de bronzes ciselés et dorés; bas-relief :
jeux d'enfants, chutes de fleurs, rosaces et feuillages.
Style Marie-Antoinette. Travail de la maison Beurdeley.

135 — Petite table Louis XVI en bois rose et marqueterie
de bois de luxe, ornée de bronze; dessus en brocatelle.

136 — Petite table d'enfant en bois de violette. Louis XVI.

137 — Petite table en vernis Martin, décor sujet Wat-
teau. Louis XV.

138 — Petit canapé en bois doré Louis XVI, couvert en
soierie fond bleu à fleurs.

139 — Deux fauteuils Louis XVI en bois doré, couverts
d'étoffe ancienne.

140 — Très belle chaise couverte en ancien cuir de Cordoue. Louis XIV.

141 — Charmant petit tabouret Louis XIV, en cuir de
Cordoue gaufré et gravé au petit fer.

142 — Boîte en marqueterie de Boule, formant écritoire
à l'intérieur.

143 — Petit cabinet Louis XIII, en ébène, avec nombreux tiroirs, garni d'argent gravé et ajouré.

144 — Belle tapisserie d'Aubusson, sujet d'après Lancret : *le Concert dans le parc*, gracieuse composition de sept personnages, avec bordure, en bon état de conservation. — Long., 4 m. 50 environ ; haut., 3 m.

145 — Belle console en bois sculpté et doré, dessus en marbre blanc. Époque Louis XVI.

146 — Glace avec cadre en bois sculpté et doré. Époque Louis XVI.

147 — Chaise en bois sculpté, siège et dossier foncés de canne. Époque Louis XV.

148 — Très important mobilier de salon en bois sculpté et laqué blanc rehaussé d'or, couvert de soierie rayée grise et rose, style Louis XIV. Il se compose de deux canapés, six fauteuils et huit chaises.

149 — Six décorations de croisées composées chacune de deux grands rideaux en même étoffe avec lambrequins, garnitures et embrasses assorties.

150 — Deux grandes tables en bois sculpté et laqué, piétement à croisillon. Style Louis XIV.

151 — Deux tables à jeu, même style.

152 — Grande console, même style ; dessus en marbre
blanc.

153 — Console moins grande, même style ; dessus en
marbre blanc.

154 — Piano à queue en palissandre, de Pleyel.

155 — Beau dessus de piano en brocart ancien.

156 — Bel ameublement de salon en tapisserie d'Aubusson, dessin à fleurs et rinceaux, bois de noyer très
finement sculpté, style Louis XVI, composé de :
Un canapé, quatre fauteuils et deux chaises.

157 — Deux décorations de fenêtres et une décoration de
glace, composées de cantonnières en tapisserie d'Aubusson et de rideaux en satin vieux rose.

158 — Deux consoles en bois sculpté et doré. Style
Louis XIV.

159 — Ameublement de petit salon composé de :
Un canapé, deux fauteuils, deux chaises de forme
dite à rouleaux, recouvert en étoffe de fantaisie mor-
dorée et brochée, avec rampe en peluche rouge.

160 — Deux décorations de fenêtres en étoffe de fantaisie
assortie aux sièges, cantonnières drapées en peluche
rouge.

161 — Meuble d'entredeux en marqueterie, genre de Boule.

162 — Piano en marqueterie, genre de Boule, orné de bronzes.

163 — Draperie de piano en étoffe ancienne encadrée de peluche vieux bleu.

164 — Billard en palissandre avec tous ses accessoires, queues, billes, tableau à marquer, etc.

165 — Banquette à dossier, recouverte en étoffe de fantaisie.

166 — Décoration de fenêtre en étoffe de fantaisie fond de soie, drapée à l'italienne.

167 — Bahut ancien en bois sculpté.

168 — Porte-parapluie en bois sculpté.

169 — Six portières en peluche de lin vieux rose et bande de tapisserie genre oriental.

170 — Deux gaines en marbre blanc, avec appliques en bronze.

171 — Ameublement de salle à manger style Henri II, en noyer sculpté et ciré, composé de :
Un buffet à deux corps formant crédence, s'ouvrant

à trois portes ornées de pointes de diamant, élevé sur
un socle garni de peluche; une table carrée avec quatre
allonges. dix chaises avec pieds à croisillon, garnies
de drap brodé.

172 — Ameublement de chambre à coucher en marqueterie style de Boule, ornée de bronzes, composé de :
   Un lit avec sommier et matelas, une armoire avec
glace biseautée et une table de nuit chiffonnière.

173 — Ameublement de chambre à coucher en poirier
sculpté et noirci, style Louis XVI, composé de :
   Un grand lit de milieu avec sommier et matelas,
une armoire à glace biseautée, avec colonnes canne-
lées, une table de nuit chiffonnier et un chiffonnier-
secrétaire à colonnes détachées, avec dessus en marbre
blanc.

174 — Jolie armoire normande, laquée et ornée de peintures. Style Louis XV.

175 — Toilette en marbre blanc avec étagère.

176 — Deux chaises légères en bois laqué.

177 — Armoire normande en bois sculpté. Louis XV.

178 — Toilette à portes pleines, avec dessus en marbre
blanc.

179 — Deux chaises légères.

180 — Ameublement de cabinet de travail, composé de :
Un bureau ministre en poirier noirci, un cartonnier avec seize cartons, six chaises en bois noir couvertes en cuir vert, et un fauteuil de bureau en bois noir et canné.

181 — Quatre chaises légères en bois doré, couvertes en satin de fantaisie et capitonnées.

182 — Quatre paires de grands rideaux en étamine, avec entredeux en guipure.

183 — Ameublement de chambre à coucher en cretonne fond noir à paysages, fleurs et oiseaux en couleur, composé d'un grand lit de milieu garni, ainsi que les sièges, de bourrelets en peluche vieux vert, avec torsades assorties, un sommier, un matelas, un traversin, deux oreillers, une chaise longue, deux fauteuils, quatre chaises ; la décoration de lit, grands rideaux avec baldaquin à draperies ; la décoration des croisées, quatre rideaux relevés à l'italienne, quatre portières, les embrasses ; la décoration de cheminée et toute la tenture murale de la pièce, avec draperie courant tout autour.

184 — Tenture flottante, analogue, de cabinet de toilette, avec rideaux de croisée et décoration de cheminée.

185 — Toilette en acajou, avec dessus en marbre.

186 — Toilette à dessus de marbre.

187 — Tête-à-tête forme S en étoffe de fantaisie, bordé de
peluche rouge.

188 — Six panneaux ou rideaux en Aubusson, à trophées
de chasse et de pêche, suspendus à des festons de ru-
bans au milieu d'encadrements de fleurs fond crème,
bordure fond vert.

189 — Meuble ancien en chêne sculpté.

190 — Grand canapé en satin rouge.

191 — Cinq galeries en bois doré.

192 — Très joli panneau en tapisserie du XVIIe siècle, représentant, sur un fond à fruits, feuillages et oiseaux,
un médaillon à petits personnages : *la Présentation
d'une reine à un roi.* Bordure à fleurs, feuillages et
figures. Pièce rare.

193 — Panneau de tapisserie : *Paysage*, avec bordure à
fleurs et ornements. XVIIIe siècle.

194 — Panneau de tapisserie : *Scène de chasse* de la Renaissance.

195 — Environ 14 mètres de bordure en ancienne tapisserie.

196 — Lot de tentures et fragments de tapisserie.

197 — Deux tapis orientaux fond violet, broderies blanches en soie.

198 — Deux cachemires de l'Inde.

199 — Trumeau en bois sculpté, époque Louis XV, avec médaillon peint : scène pastorale, genre *Boucher*.

200 — Selle et tabouret de statuaire.

201 — Support en fer forgé Louis XIII.

202 — Banquette et deux chaises d'antichambre en chêne sculpté, couvertes d'étoffe de fantaisie, fond rouge à feuillages.

203 — Table de salle à manger en acajou.

204 — Huit rideaux en satin noir, à bandes rouges.

205 — Cave à liqueurs renfermant six flacons en cristal.

206 — Borne recouverte en satin rouge.

207 — Grande console en bois doré, dessus en marbre blanc.

208 — Table de salon en bois noir, orné d'incrustations de cuivre.

209 — Deux corps de bibliothèque en bois noir, formant meuble, avec cheminée surmontée d'une glace.

210 — Coffre-fort.

211 — Deux meubles d'appui en bois noir, ornés de bronzes ; dessus en marbre blanc.

212 — Ameublement de petit salon, composé d'un canapé, quatre fauteuils et deux chaises, recouverts en soierie bleue à fleurs brodées.

213 — Deux paires de grands rideaux de croisées assortis, avec garnitures et galeries.

214 — Quatre chaises légères en bois doré, couvertes en damas de soie rouge.

215 — Grand tapis de salon en moquette.

216 — Joli petit bureau de dame en marqueterie de bois.

217 — Petite console en acajou. Style Louis XVI.

218 — Grand baldaquin en bois doré.

219 — Deux fauteuils en bois rose, ornés de bronze, couverts de tapisserie d'Aubusson. Style Louis XVI.

220 — Meuble d'entredeux en marqueterie genre de Boule, orné de bronze ; dessus en marbre noir.

221 — Deux petites vitrines en marqueterie de cuivre, dessus en marbre noir.

222 — Deux fauteuils dits *crapauds* couverts en damas de soie grenat. (Avec housses.)

223 — Deux encoignures en marqueterie de bois.

224 — Divan-lit couvert en soie havane.

225 — Chaise en bois doré. (Non couverte.)

226 — Pouf non couvert.

227 — Six rideaux et deux fonds de lit en étoffe de fantaisie.

228 — Quatre chaises en bois noir, couvertes en damas groseille.

229 — Deux meubles en marqueterie, dessus en marbre blanc, posés sur socles.

230 — Table à jeu en acajou.

231 — Quatre rideaux en damas de soie jaune.

232 — Canapé et quatre chaises en bois laqué, recouverts de soie violette à fleurs.

233 — Deux rideaux en même étoffe.

234 — Meuble d'entredeux en marqueterie de cuivre, dessus en marbre blanc.

235 — Glace avec cadre en bois noir. Style Louis XV.

236 — Pouf en tapisserie.

237 — Paravent en étoffe.

238 — Tapis en moquette.

239 — Quatre rideaux en damas vert.

240 — Lit avec sa literie.

241 — Carpettes en moquette.

242 — Tapis en moquette.

243 — Six jardinières de vérandah.

244 — Trois banquettes de vérandah.

245 — Baignoire, tables, buffets, sièges de cuisine.

246 — Ustensiles d'écurie et de sellerie.

VITRAUX

247 — Croisée à deux vantaux en vitraux, peints de style ancien, représentant des allégories au *Sacrifice d'Abraham* et à *l'Apparition de l'Ange*. — Haut., 1 m. 6o cent.; larg., 43 cent.

248 — Vitrail suisse, style xvie siècle, à sujets et armoirie.

VINS

249 — Haut-Sauterne. 5o bouteilles.

RED. :

21

BIBLIOTHEQUE NATIONALE DE FRANCE

****

CHATEAU DE SABLE

1996

www.ingramcontent.com/pod-product-compliance
Lightning Source LLC
LaVergne TN
LVHW010447060726
842527LV00005B/1744